Für Fritzi

In Plötzensee starb Dein
Vater unter dem Beile.
Dich drahteten sie ein
Für eine lange Weile-
Im Lager Ravensbrück.

Ich war mit Dir
An jenen Trauerorten.
Von mir ein Stück
Bist Du indes geworden
(Und ich wohl eins von Dir
- Zu meinem Glück!)

Und so ist es geblieben,
Daß wir uns immer lieben...

D1620664

Die Zukunft

Wenn die Zukunft reich
an Versprechungen ist,
so bietet uns das Heute
Enttäuschungen ohne Zahl.
Wenn die Zukunft gewiß ist,
wie treulos ist sie
zu der bescheidenen Gegenwart.
Um zu dem gastlichen Schatten
in der Oase zu gelangen,
die unsere Augen schon
in der Ferne sehen,
wie sehr werden
unsere Füße noch bluten
im glühenden Sand der Wüste!
Wieviele unserer müden
oder sterbenden Brüder
werden von der langen
Karawane zurückgelassen,
die immer weiter zieht
und niemals innehält;
wieviele unserer Brüder
werden noch verenden
von den Bestien zerrissen,
die uns umlauern.
Wieviele unserer Brüder
werden noch durch das Blei
der Banditen ihr Leben aushauchen,
die uns ausspähen und uns
immer wieder angreifen!
Ohne Zweifel wird unser Heer siegen
und unsere edle Fahne
wird über die eroberte Erde flattern,
aber mehr als ein Kämpfer

wird hingestreckt auf dem Weg
zurückbleiben und seinen Wunden
wird keine Linderung zuteil
und sein Name bleibt unbekannt.
Die Niederlage darf weinen und leiden;
sie zählt ihre toten Soldaten,
aber der Sieg muß ungetrübte
Freude haben, doch er vergißt sie;
die Zukunft, der Sieg und die Rast
gehören nicht uns;
unser ist bloß
die Niederlage von gestern
und der Kampf von morgen.

(Aus „Hoffnung", Buch von einem unbekannten
Autor, Paris 1848)
Prolog zu Luis Corvalans Buch"Der Sturz der
Sowjetmacht", Santiago de Chile , 1993.
(Übertragung aus dem Spanischen, von B.F.)

An eine Tote

Wenn ich wiederkehre,
Wo auf Erden wäre
Ich mit gleichem Jubel hingestürmt,
Wie zu dir, du Reine,
Die ich nun beweine,
Die verlosch, von keinem Gott beschirmt!

Als wir uns verließen,
Unser letztes Grüßen
War erfüllt von Zuversicht und Leid,
War, in Frühlingsjahren,
Voll des wunderbaren
Wissens erster tiefer Zärtlichkeit.

Du, mir aufgefaltet,
Blüte, schöngestaltet,
Schenktest Worte mir voll Trost und Mut!
Und ich hab getrunken
Ihren Klang, versunken
In dein Wesen, deine reine Glut.

Unsrer Heimat Segen,
Den wir im Erleben
Still in unsrem Innern aufbewahrt,
Ihr Verdirb und Werde,
Abgeschaut der Erde,
Ward mir mitgegeben auf die Fahrt.

Und auf meinen Straßen
War ich nie verlassen,
Denn im Deingedenken fand ich Ruh.
Wie zur Nacht die Sterne
Sah ich in der Ferne
Unser Wiedersehen. Wachse, du!

Da, zur nächtgen Stunde,
So sagt mir die Kunde,
Gingest du ganz sacht wie Schnee im Föhn.
Und schon nah dem Schweigen
Lasest du mein Schreiben,
Botschaft, ahnungslos, vom Wiedersehn.

An des Dunkels Pforte
Schenktest du mir Worte,
Die für immer mir im Herzen sind.
Du bist eingeschreint in
Meiner Brust. Es weht
In meinem Namen um dein Grab der Wind...

KZ Dachau, Juni 1941

KRIMML - UNTERER FALL

Die Krimmler Ache

In der Erde Gesicht
Bist du ein schöner Zug,
Krimmler Ache, dein Licht
Gab an Glück mir genug!

Sieh, schon dämmert der Tag
Scheu zum Fenster herein,
Gipfel über dem Hag
Glühn im Frühsonnenschein!

Berg und Wald sind schon wach-
Komm, wir müssen doch gehn,
Um den stürzenden Bach
Noch frühmorgens zu sehn!

Fernher rauschet die Schlucht
Durch die dämmrige Ruh,
Durch die Talnebelflucht
Winken Wipfel uns zu!

Unser Weg zieht dahin,
Durch das taufrische Gras,
Durch die Wiesen, saftgrün,
Durch den Wald, tropfennaß.

Dann den Berghang hinan,
Über Wurzeln und Kraut,
Durch verwachsenen Tann,
Glitzernd, perlenbetaut.

Und am Rande der Schlucht
Stehn wir still wie gebannt.
Mit gewaltiger Wucht
Stürzt, zum Bogen gespannt

Steil die Ache herab,
Stürzt von Stufe zu Stuf
Immer tiefer hinab;
Fernhin donnert ihr Ruf!

Vor uns brandet der Strahl
An die Felsen und bricht,
Splittert, stäubt überall
Und benetzt dein Gesicht...

Und auf Nadeln und Laub
Und auf Äste und Kron
Rieselt fein Wasserstaub,
Schleiert auf, weht davon...

Sieh, ein Sonnenstrahl küßt
Dort den Sprühregen hold,
Der ihn lächelnd begrüßt,
Schimmernd wie reines Gold.

Als smaragdgrüne Flut
Wirbelt die Ache im Kreis;
Mit ermattender Wut
Schäumt sie noch einmal weiß,

Denn es trotzen ihr noch
Felsentrümmer aus Erz,
Und mit wildem Gekoch
Springt sie talbodenwärts,

Wo sie schlängelnd hinzieht
Durch das grüne Gefild
Und den Blicken entflieht,
Froh, behende, verspielt.

Liebe, schweigen wir auch-
Alles rings um uns schweigt-
Trink den sprühenden Hauch,
Der der Tiefe entsteigt!

Lausche nach Herzenslust
Dem allmächtigen Lied,
Fühle, wie es die Brust
Leise schütternd durchzieht!

Blumen, Gras, Berg und Baum,
All den Wundern im Land,
Wassersturz, Wirbelschaum,
Sind wir wesensverwandt!

Ja, ihr reinstes Gesicht
Zeigt die Welt uns voll Gunst,
Doch wir sehen es nicht,
Tragen wir's nicht in uns !
*
In der Erde Gesicht
Bist du ein schöner Zug,
Krimmler Ache, dein Licht
Gibt an Glück mir genug!

*Dachau, Juni 1941, nach der Nachricht
vom Tod von Friedl N.*

DIE WALZE...

Erste Liebe

Unter dem Sternenzelt
In einer Sommernacht
Unsrer noch jungen Welt
Haben wir Rast gemacht.

Mitten im Wiesengrund,
Lagen wir Mund an Mund
Koste dein Angesicht
Bis hin zur Morgenstund.

Schön war die Sommernacht
Mit ihrer Sternenpracht.
Stets hab ich dran gedacht
Sie hat mich reich gemacht.

Ja, ich vergeß dich nicht,
Wie alt ich werden mag;
Mädchen, dein Angesicht,
Ich tief im Herzen trag...

Juli 1991

30.4.1941 / KARLSRUHE / NEPENIUSSCHULE - TAGS DARAUF GING ES NACH DACHAU...

13

Unsere Jugend

Einsame Bergeswelt,
Sonne, Fels, Schnee,
Endloses Himmelszelt,
Träumender See:

> Ihr ließet unsere Brust
> Fassen den Erdenball!
> Aus deiner Schale, All,
> Tranken wir tausend Mal
> Kraft, Lebenslust!

Wälder und Vogelsang,
Raunendes Land,
Zeltnacht und Lautenklang,
Boote am Strand:

> Ihr gabt uns großes Glück!
> Euer verborgnes Licht
> Führt uns mit klarem Blick
> Vorwärts voll Zuversicht,
> Nimmer Zurück!

Jagender Gipfelsturm,
Tobender Fluß,
Dräuender Wolkenturm,
Eisiger Guß:

> Ihr gabt uns Mut und Kraft!
> In der Gefangenschaft
> Sind wir unendlich reich
> Und frei, als Brüder gleich;
> Wir danken Euch!

Dachau, 1943, für unseren
Kapo Willi Engelhardt, Nürnberg

UNS GEHT DIE SONNE NICHT UNTER!

Die Sonne...

Uns geht die Sonne nicht unter,
Sangen wir hurtig und munter
In einer sorglosen Jugend
Voll Arglosigkeit und Tugend.

Wir dachten, nichts könne uns zwingen,
Es werde uns sicher gelingen,
Das Unheil niederzuringen,
Mit Lautenklang und mit Singen...

Nun sind viele Jahre vergangen,
Voll Unheil und Plagen und Bangen.
Die Welt wieder wolkenverhangen...

Was könnte noch Zuversicht schenken?
Die Menschheit zum Besseren lenken?
Was kommt - wer vermag es zu denken?

1996

„STAATSFEINDE"

Vor einem Bild mit Birken

Wo die Birken stehen,
Dorthin willst du ziehn?
Wo die Winde wehen,
Flüsternd durch das Grün?

Wo die Wolken jagen
Eilig drüber hin?
Freund, da hilft kein Klagen-
Schlag dirs aus dem Sinn!

Warten mußt du, warten,
Alles kommt noch mal;
Auch die Birken warten,
Hoch dort überm Tal!

Dachau, 1942

An einen jungen Verseschmied

Gib uns Echtes, Schönes, Gutes,
Und vergieß in Freud und Qualen
Tropfen deines besten Blutes,
Freund, in deiner Verse Schalen!

Denn nach wahren Herzensgluten
Frieret uns in uns'rer Not!
Mag dein Herz darob verbluten,
Folge stets seinem Gebot!

Singe, rufe und bekenne
Und bewege, was da ruht,
Klage, zürne und verbrenne,
Junges, heißes Dichterblut!

Für den Verseschmied K.H.
Dachau, 1943

Tagesausklang

Wenn der quälende Tag
Müd zur Neige uns geht,
Und es flackert dann zage
In der Runde die Red,
Dann entsteht manche Frage
Die im Schweigen verweht,
Weil hoch über der Klage
Unser Bruderbund steht!

Dachau, 1942

Hebet das Haupt!

Aus eurer Not hebet das Haupt!
Seht, wie die Erde voll Glut euer harrt!
Was ihr erträumt, was ihr geglaubt,
Seht, wie aus ihr es sich nun offenbart!

Sie hat in Nächten, die ihr gewacht,
Alle Gerechten zu Brüdern gemacht.
Zweifelndem Zagen seid nun entronnen,
Wissendes Wagen sei euch gewonnen,
Friede der Heimat bringt sich euch dar,
Euch und den Brüdern zum ewigen Bewahr!

Aus eurer Not hebet das Haupt!

Flossenbürg, Jänner 1945

„EINE STUNDE BAUM"

Wir sind bereit!

Wir lebten

Den Pflanzen gleich:
Den Segen der Sonne,
Schatten und Licht
Dankbar hinnehmend,
Ernst erhabene
Und heiter bescheidene
Schönheit,
Brennend berauschende
Und hauchzarte
Liebe
Nehmend und gebend,
-So lebten wir
Im Schutze der eigenen
Und der Brüder und Schwestern
Gütigen Seele...

Wir kämpften

Unser Leben
Behütet im Grunde
Der weltweiten Brust,
Hinter dem Harnisch
Der Stirn aber
Die Sache des Lebens,
Ihre Wahrheit und ihre Begründung,
Und der Begründung äußerstes Muß.
So kämpften wir,
Von heißer Liebe und Zorn
Zugleich beflügelt,
Gehorchend niemandem

Als dem Befehl
Der eigenen
Und der Brüder und Schwestern
Gütigen Seele!

Und muß es sein-

So sterben wir auch,
Wenn die Gewalt es will,
Und hinterlassen
Aus den Tiefen und Höhen
Der Brust und des Geistes,
Treu den selbstgesetzten Gesetzen,
Als Fahne,
Den nach uns Kommenden
Die Sache,
Für die wir lebten,
In jener Freiheit,
Die kein Henker uns nimmt.
Dazu sind wir bereit!

KZ Flossenbürg, Dezember 1944

Tito

Immerfort gebären Mütter
Aus dem wundgequälten Schoß
Söhne für das Sturmgewitter,
Keine Beter, keine Bitter,
Vorhutstreiter, kühn und groß.

Söhne der verhöhnten „Herde",
Kinder aus dem „grauen" Heer,
Die der notgeplagten Erde
Schilder, Fahnen, Schwerter werden,
Retter aus dem Tränenmeer...

Die aus tiefem Dunkel streben,
Sich erheben aus dem Nichts,
Menschennot zutiefst erleben
Und sich über sie erheben,
Feuer werdend, Quell des Lichts!

Und in jeder finstren Nacht
ward dem Volk ein starker Held,
Der den Haß der Niedertracht
Sich erworben in der Schlacht
Und die Liebe einer Welt!

Dachau, April 1944, zu Titos Geburtstag.
(Ins Serbokroatische übersetzt und vorgetragen
bei einer Feier auf einem Jugoslawen - Block.)

TOTEN KLAGE

Miron

Noch sehe ich Miron vor mir, krank und schwach,
Mit fieberndem Blick, weder schlafend noch wach.
Er war aus Groß Rosen mit einem Transport
Nach Dachau gekommen. Der Transport war Mord!

Wie Tiere gepfercht, ohne Wasser noch Brot,
Verkamen sie hilflos in Fäulnis und Kot,
Halbirre vor Durst, und die Fahrt währte lang,
Und viele verstarben. Ach, welch ein Gestank!

Am Appellplatz des Lagers wurden die Toten
In Reihe und Glied gelegt auf den Boden.
SS in strammsitzenden, schnittigen Hosen,
Stieß dann mit blankblitzenden Stiefelspitzen,

Mit höhnischen Reden und schmutzigen Witzen
In die Rümpfe und Rippen der Regungslosen.
Wer sich dann noch rührte, dem traten sie -
Ganz lautlos geschah dies, denn keiner mehr schrie,

Mit dem Absatz der Stiefel die Kehlköpfe ein,
Ganz ohne Befehl, denn das mußte so sein!
Den „nordischen Herrn" war das Vorrecht gegeben,
Ohne Gnade zu töten das „unwerte Leben"...

Die Toten wurden auf Listen notiert,
Und mit Hilfe der Nummern identifiziert,
Dann ins Krematorium rasch abtransportiert-
Man nahm das genau, denn es war kontrolliert!

Doch unter den wenigen atmenden Neuen
Sah ein Kamerad einen Freund, einen treuen...

„Du bist doch der Miron Pasicznyk, so sprich!"
Ganz leis war die Antwort: „Jawohl, der bin ich!"

Da kamen noch andere Freunde herbei.
Sie sagten den Schergen: „Laßt uns diesen hier!"
Dann trugen sie Miron hinein ins „Revier";
Dort war noch ein Bett für den Todkranken frei...

So war unser Miron fürs erste gerettet!
Da lag er nun fiebernd und weich gebettet,
Ein Knochengerüst, nur mit Haut überzogen,
Gewaschen, rasiert - und man hat ihn gewogen:

Die Hälfte von seinem normalen Gewicht!
Zweiunddreißig Kilo - mehr fehlte ihm nicht!
Die Freunde kämpften um sein junges Leben:
Sie wollten ihm Arzneien und Nahrung geben

Und riskierten dafür den Kopf und den Kragen
So kam langsam die Hoffnung auf Rettung zurück.
Es wuchs sein Gewicht, wurde lebhaft sein Blick,
Er trug seine Krankheit ohne Stöhnen und Klagen.

Und manchesmal summte er schon unsre Lieder,
Die wir gemeinsam in Spanien gesungen.
Wir freuten uns, denn er erholte sich wieder
Und auch das Fieber war abgeklungen...

Er nahm auch Anteil an den Kämpfen im Osten-
Die Feldschlacht bei Kursk und die Nachricht vom Sieg
Erfüllte uns alle mit Hoffnung und Glück!
Es war als stünd Miron dabei auf dem Posten...

Wir haben gehofft, er würde langsam genesen;
Da kamen auf einmal die letzten Stunden!

Urplötzlich geriet da sein Atem in Not!
Nach furchtbarem Kampf erlag Miron dem Tod...

Im Leichenraum wurde er kurz aufgebahrt,
Ein kleiner Kreis Freunde stand um ihn geschart,
In Trauer, zum Abschied, zum letzten „Salud!"
Sie schworen ihm Treue zur Sache - und Mut!

Der Priester

Mit Miron sprach öfter ein älterer Mann,
Der neben ihm lag, ein katholischer Priester,
Direktor der Kölner Caritas. Auch er kam
Nach Dachau ins Lager. Doktor Karls, so hieß er.

Er predigte Abscheu vor den braunen Faschisten
Und haßte den „Führer" als den „Antichristen".
Da kam die Gestapo, den Unbequemen
Ins KZ zu stecken - in „Schutzhaft" zu nehmen...

Im Ersten Weltkrieg war Karls Seeoffizier,
Jetzt las er in Dachau in seinem Brevier...
Er sprach oft mit Miron, erfuhr so von Vielem,
Was ihm bis dahin unbekannt war geblieben...

Er hörte vom Spanienkrieg und dessen Sinn,
Vom Februarkampf und vom Roten Wien,
Vom Schutzbund und über die Emigration,
Von Miron und andren in die Sowjetunion...

So erfuhr Karls eine höhere Wahrheit,
Der Miron sein junges Leben geweiht:
Die große Idee der Befreiung der Arbeit
Von Elend und Knechtschaft für alle Zeit!

Ich wußte nichts von dem tiefen Erleben,
Ich sollte es später, nach Jahren, erkennen,
Was Miron dem Priester in Dachau gegeben,
Als zu Ende das große Morden und Brennen...

„BOCK"

Radio Beromünster...

Eines Tages begann Radio Beromünster
Über Leiden und Sterben von Dachauer Priestern
Eine Serie genau erhobner Berichte
Zu senden. Durch Wochen. Welch eine Geschichte!

Die Gestapo forschte und wurde auch fündig,
Nach längerem Suchen. Denn - kurz und bündig:
Ein kleiner Hinweis hatte ihren Verdacht
Auf die Spur zu dem Doktor Karls gebracht!

Sie durchsuchte sein Kölner Büro und sie fand:
Die „Greuelberichte" sind aus seiner Hand!
Sie wurden, via Köln, in die Schweiz gebracht!
Das hat in Berlin Himmler rasend gemacht...

Man suchte in Dachau die undichte Stelle:
Wo sind die Komplizen von diesem Pfaffen?
Wer war der Schmuggler? Wo sind diese Laffen?
Das war für die Führung des Lagers die Hölle!

Die harten Vernehmungen dauerten lange...
Die ganze Lagerführung war in der Zange!
Sie wußte nicht aus, sie wußte nicht ein,
Die größten der Herren wurden ganz klein...

Die Spürnasen Himmlers von höchstem Range
Haben oftmals auch Doktor Karls vernommen.
Wir staunten - vor Folterung war ihnen bange,
Als wäre es ihnen zu teuer gekommen !

Doktor Karls widerstand allen strengen Verhören;
Miron - so sagte er - gab ihm die Kraft!
Wenn Miron ertrug sein Schicksal in Ehren,
Dann gibts jeden Grund, daß auch er es schafft...

Die Führung des Lagers traf Himmlers Rache!
Da rollten die Köpfe - und andere kamen,
Die gleichen Unholde, nur andere Namen...
Doch für uns war das eine heitere Sache!

✳✳✳

Die Zeiten vergingen, mit ihnen der Krieg.
Es kam unser lange erwarteter Sieg.
Die letzte gewaltige, blutige Schlacht
Zerschlug dieses Monstrum, begrub seine Macht.

Die Freiheit kam wie ein heller Morgen,
Mit neuen, mit anderen drückenden Sorgen.
Dem Kampf um ein neues und besseres Leben
Galt all unser Denken und all unser Streben!

Die Überlebenden

Die Mahnung

Zum zweiten Geburtstag des neuen Beginns
Sind aus den vier deutschen Besatzungszonen
Vertreter der Opfer des Hitlerregimes
In Dachau und München zusammengekommen,

Zu einer Beratung gemeinsamer Ziele.
Sie alle verband ein Gedanke, ein Wille.
Und auch Dr. Karls aus Köln war gekommen,
Dem Treffen der „VVN" beizuwohnen...

Auf ihm wurden zahlreiche Reden gehalten,
Doch keine war tiefer als die von dem Alten!
Sie klang wie die Bergpredigt in meinem Ohr!
Mit mächtiger Stimme, wie ein Stentor

Sprach er von dem Sinn der überstandenen Zeit,
Vom Schicksal der Menschheit und von ihrem Leid.
Er geißelte zornig satanische Hetzer,
Die wieder das Leben der Völker bedrohten,

Die „Kalten Krieger" - er nannte sie Ketzer,
Bar jeden Gewissens - drum sei es geboten,
Entschlossen zu jenen Menschen zu stehen,
Die sich nicht beugen, die aufrecht gehen!

Erhobenen Haupts - es war weiß wie der Schnee -
Schloß er seine Rede mit großem Bekennen:
„Ich sage Euch: Niemand und nichts wird mich je
Von meinen kommunistischen Brüdern trennen!"

Es gab keinen Jubel, es war feierlich still...

Behutsam nur folgte der Beifall dem Wort.
Ich dachte an Miron - und bekam das Gefühl
Als lebte sein Geist in dem Priester dort fort!

April 1990

Abend über dem Lager

Auf das Lager sank die Nacht,
Doch darüber, welche Pracht !
Welch ein Leuchten, hell und klar,
Welch ein Anblick, wunderbar !

Viele tausend Augenpaare,
Hohl von manchem Hungerjahre,
Schauten in des Himmels Weiten
Schönre Zeiten, Ewigkeiten !

Hoch in goldnen Wolkenbergen
Spähten sie nach Riesen, Zwergen,
Nach Gesichtern, Mädchenköpfen,
Überirdischen Geschöpfen.

Wie die Wolken fliegen, stürmen !
Muß da nicht ein Herrgott walten,
Hinter jenen Bergen, Türmen,
Hinter all den Traumgestalten ?

Könnten sie ihn doch erspähen,
Seine Gnade zu erflehen!
Und sie schauten, stumm, und suchten
Auf den Zinnen, in den Schluchten.

Alles Böse war vergessen,
War vergangen, war gewesen.
Weg der Jammer aller Tage.
Fort der Hunger, fort die Plage !

Aus dem Sinn, der Zeit entrückt
War, was ihren Tag bedrückt :
Läuse, Typhus, wilde Schergen,
Schlagen, Hungern, Leiden, Sterben,

Eiterbeulen, Ruhr und Seuchen,
„Deutscher Gruß"- und Berge Leichen.
Keine Prügelknechte toben
Und kein Stiefel tritt dort oben,

Keine Peitschen, kein Gebrüll,
Freiheit war dort, schön und still !
Gläubig - frommer Kinderblick
spiegelt ein großes Glück...

Könnten sie doch immer schauen
In den Himmel, in den blauen !
- Plötzlich holt ein schriller Schrei
Sie aus ihrem Traum herbei :

„Stillgestanden! Mützen ab !"
- Eine Stimme aus dem Grab !
„Mützen auf! Im Gleichschritt, marsch!
Und ein Lied!" Bellt´s grob und barsch.

Und es klang wie Tiergebrülle
Und zerriß die Abendstille:
„Wir lagen vor Madagaskar
Und hatten die Pest an Bord.

In den Kesseln faulte das Wasser
Und täglich ging einer über Bord.
Ahoi, ahoi, Kameraden!"
Sie marschierten fort und fort...

„Lebt wohl, Kameraden,
Lebt wohl, lebt wohl!"
So klang es schauerlich und hohl -
„Lebt wohl, lebt wohl!

März 1990

KÄLTE

Winter in der Pfalz

Über die Berge der Pfalz
Breitet der Winter sein Kleid.
Nächte sind bitter und kalt.
Hunger und Tod weit und breit...

Oh, welche Qual jede Nacht,
Glücklich, wer nicht erwacht.
Mancher bleibt starr und stumm,
Wenn der Lagerbär brummt.

Weckt er zur Tagwache auf,
Schlägt sie der Knüppel erst wach,
Treibt sie hinaus in die Nacht.
Zerrt auch die Toten hinaus.

Eiskalte Schneewinde wehn
Wenn sie beim Frühappell stehn,
Treiben frostigen Schmerz
Durch ihre Rippen ins Herz.

Fressen sich ein ins Gehirn,
Wühlen als Hunger im Schlund,
Zerren an Füßen und Stirn,
Rauben den Atem dem Mund.

Kommt das Kommando vom Turm
Fassen sie dann gleichen Tritt,
Ziehen hinaus in den Sturm
Knirschet im Schnee jeder Schritt,

Posten mit Hund und Gewehr
Schlurfen vermummt nebenher.

Doch der Platz bleibt nicht leer:
Leichname liegen umher.

Sie sind zusammengesackt,
Herzschlag geriet aus dem Takt.
Schlafen nun friedlich im Schnee,
Tun keine Prügel mehr weh!

Hören das Brüllen nicht mehr,
Sehn keinen Hund, kein Gewehr.
Breitet der Winter sein Kleid
Über die Pfalz voll von Leid.

1995

AUSGELITTEN

Der tote Freund

Nun liegst du, stumm und kalt,
Vor mir auf nacktem Stein,
Warst nur mehr Haut und Bein,
Und noch nicht dreißig alt.

Gestern, da kamst du müd,
Tratest nochmal ins Glied,
Faßtest dein Abendbrot,
Würgtest's mit knapper Not,

Sagtest kein einz'ges Wort-
Dir war der Mund verdorrt.
Dachtest vielleicht zurück
An ein armselig Glück,
Dachtest an Weib und Kind-
Und wie die Zeit verrinnt.

Nun liegst du, hingestreckt,
Nackt auf dem nackten Stein.-
Ich hab dich zugedeckt.
Bald wirst du Asche sein!

Für meinen französischen Kameraden
Albert Chalus, Flossenbürg, Dezember 1944

FLOSSENBÜRG : ARBEITSKOMMANDO 2004 ZUR NACHTSCHICHT...

Die Gedenkstätte

Als ich kürzlich das Lager besuchte
Kannte ichs fast nicht wieder.
Wo man einst sein Schicksal verfluchte
Blüht nun der weiße Flieder!

Wo einmal die Baracken gestanden,
Auf den Terrassen am Hange,
Sind nun nette Häuschen vorhanden,
Weißgetüncht - mir ist bange!

Aus jedem Gärtchen hinter dem Haus
Lachen putzige Zwerglein heraus.
Und was einst hieß die Lagergasse
Heißt nun „Sudetenstraße"...

In den Wirtschaftsgebäuden aus Stein,
Wo sich einmal der Appellplatz geweitet,
Richteten große Firmen sich ein,
Über den Platz ausgebreitet.

Klotzig steht, sehr „deutsch" und allein
Die Kommandantur in ihrer Pracht.
Aschgrau ist das harte Gestein;
Sinnbild für ewige Macht.

Dichtes Hecken- und Buschwerk behütet
Seitwärts den Ort für das fromme Gedenken
An all das blutige Morden und Henken
Welches hier einmal hat gewütet.

Wo einst der Bunker als Stätte der Qualen,
Der Folter, die Schießstatt, der Tod -

Kann man studieren Fakten und Zahlen
In einem Museum. Auch zu Gott

Wird gefleht, jedem Gast zu bezeugen:
Daß die Erben des Reiches, des „Dritten"
Sich leidvoll in Trauer verbeugen
Vor allen, die hier einst gelitten.

Man ehret besonders die mit Gewichte
Mit ihrem Foto und Leidensgeschichte,
Doch Dreißigtausend sind ohne Namen
Die auch hier ums Leben kamen,

Sie bleiben anonym - sind unbekannt,
Waren sie doch zum Großteil nur „Rote",
Denn: Hugh! Tote Rothaut – gute Rothaut!
Von ihnen wird keiner genannt.

Dort steht noch der Krematoriumbau,
Einst kontinuierlich, ohne Rast in Betrieb.
Die Farbe der Erde ringsum ist noch grau
Vom Schimmer der Asche, der blieb.

Ganz aus Asche ein hoher Hügel im Grund,
Schon breitet sich grün das Gras drüber hin,
Und Beete von Blumen leuchten im Rund
Sie wachsen, gedeihen und blühn...

Adrett und nett und mit Eifer gehegt
Ist alles, und sauber und sorgsam gepflegt...
- Man ehrt doch die Opfer, nicht wahr?
Ein Wachturm steht auch noch da,

Zwar ohne Posten und Maschinengewehr
Ragt er dennoch furchterregend und hehr

Über alle die Denktafeln, Kreuze und Beete,
Die gußeisernen Trauergebete,

Gestiftet von Staaten aus West und Süd
Aus Ost und Nord - ja aus Bayern sogar,
Man faßt es kaum - wie wunderbar
Dringt es den Pilgern in das Gemüt!

Es kommen nicht viele, die forschend schauen
Mit ihren Augen, den treuen, den blauen.
Und mancher fragt mit traurigen Zügen,
Ist das auch wahr - oder sinds Lügen?

✳✳✳

Oh Flossenbürg, du Stätte des Grauens,
Das niemand vermag zu ermessen,
Bald bist auch du schon vergessen,
Denn man wird müde des Trauerns...

Was bleibt, sind die Gärtchen mit Zwergen
Hinter den schmucken Häuschen am Hang
Und von den einstigen Leichenbergen
Wird keinem mehr angst und bang...

1989

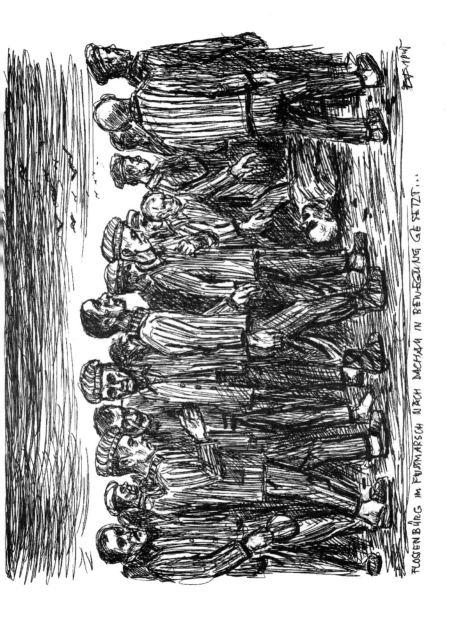

FLOSSENBÜRG IM FUßMARSCH NACH DACHAU IN BEWEGUNG GESETZT...

49

Vergessen?

„Nur der ist tot, den wir vergessen haben"-
So hörte ich den Priester trauernd sagen
Als man mit nassem Aug und stummen Klagen,
Eine Verstorbene jüngst zu Grab getragen.

Da dachte ich an Freunde, an Genossen
Aus vielen dunklen und aus hellen Jahren
Die unsern Weg gegangen, unverdrossen,
Und immer treue Kampfgefährten waren.

Ist denn ihr Lebenswerk verlor'n, verdorrt?
Nur weil wir ihren Namen nicht mehr kennen?
Ist jede Spur von ihnen schon verblichen?

Ist, was sie taten, aus der Welt gewichen?
Nur weil wir ihren Namen nicht mehr nennen?
Nein - was sie taten, dauert immerfort!

März 1996

Von Flossenbürg nach Dachau

Am Leben geblieben...

Bin am Leben geblieben,
Hab alles überstanden,
Und trage all die Lieben,
Die starben, tief in mir.

Es sind unendlich viele,
Aus manchen andren Landen
Und aus dem unsren hier.
Ihr Tod blieb mein Gespiele
Im Träumen und im Wachen.
Kann ich da fröhlich lachen?
Ich sah sie all verderben,
Hinsiechen und versterben-
Unfaßbar ihre Zahl,
Unsagbar ihre Qual -
Erschossen und gehenkt,
Verhungert und erschlagen,
Erfroren und ertränkt,
In Nächten und an Tagen.
Da wurde nichts geschenkt,
Im großen deutschen Land
Der Dichter und der Denker,
Der Richter und der Henker...

Das bleibt mir eingebrannt
Im tiefsten Herzen drinnen,
Immer, mein Leben lang,
In jedem Tun und Sinnen.
-Ein heil'ger Totensang!

1994

Die Stille

In unsrem Garten herrscht jetzt tiefe Stille,
Der Wind zieht leise flüsternd durchs Geäst,
Die Stille ist für mich ein großes Fest,
Das ich mit allen meinen Sinnen fühle.

Die Amseln schlagen wieder in den Fichten,
Und eine sitzt in unsres Nachbarn Flieder.
Ein Spatz erzählt geschwätzig uns Geschichten,
Ein Zeisig singt die alten Lieder wieder.

Nach einem langen, trüben, kalten Winter
Ist nun der Frühling endlich angekommen.
Ich sinne nach, wieviele ich schon hinter

Mich gebracht - bei meinem hohen Alter?
Die Winter meine ich, mit Eis und Nebeln -
Die Lenze hab ich leichter hingenommen...

April 1996

Ergo sumus!

Es vergoß in der Stille ein leuchtender Tag
Sein gleißendes Licht über Wiesen und Hag
Und von all dem strömenden Übermaß
Floß es golden auch in mein klingendes Glas.

Wein der Liebe, lange, so lange entbehrt,
In hunderten Nächten verdurstend begehrt:
Nun raffte er grenzenlos hin meinen Sinn
Und hinein in den staunenden Taumel: Ich bin!

So taumelten auch auf dem schnittreifen Feld
Die Halme, die Gräser, die Bäume im Wind;
Der trunkene Chorus der atmenden Welt
Verbrauste im Blute: Wir sind, wir sind!

1945

BERGAHORN IM PARK VON BAD GLEICHENBERG
10. 6. 83

Gib mir deine Hand...

Wenn unser Leben eine Weihe hat,
Wenn es nicht nutzlos Tag um Tag vergeht,
Wenn es geleitet wird, von Sinn und Tat,
Und stets im Dienst von Welt und Menschen steht,

Wenn seine Glut sich immer neu entzündet,
Am Unvollbrachten, am noch nicht Getanen,
Wenn es sein Glück auch im Bescheidnen findet,
Im Du und Ich - in solchen klaren Bahnen
Muß es sich leicht und heiter leben, ohne Fluchen
Gib deine Hand dazu, wir wollen es versuchen!

1949

Stammbuchvers

Wachse, wachse und erblühe,
Kleines Menschenkind,
Werde, daß dir ohne Mühe
Alle Nächste sind!

Schließ die ganze Welt in dich,
Wie sie immer sei...
Werde weit wie sie und licht-
Ernst sei auch dabei!

1946

Nals (Südtirol)

Versöhnung

Es vergoß in der Stille ein leuchtender Tag
sein gleißendes Licht über Wiesen und Hag,
Und von all dem strömenden Übermaß
Floß es golden auch in mein klingendes Glas.

Wein der Liebe, lange, so lange entbehrt,
In qualvollen Jahren vergeblich begehrt,
Nun raffte er grenzenlos hin meinen Sinn,
hinein in den trunkenen Taumel: ich bin!

So taumelten auch auf dem schnittreifen Feld
Die Halme, die Gräser, die Blumen im Wind;
Wieder versöhnt mit der Schönheit der Welt,
War ich wie einstens als staunendes Kind.

1945

Du bist

Aus Freud und Leid geboren,
Zu beidem auserkoren...

Ich lob die Freudenstunde,
Die dich aus dunklem Grunde

Erschaffen, Freudgeborne,
Zur Freude auserkorne !

Ich lob die Schmerzensstunde,
Die dich aus Weh und Wunde

Ans Licht hob, Schmerzgeborne,
Zum Schmerze auserkorne !

Aus Freud und Schmerz geboren,
Zu beidem auserkoren,

Trag beides bis ans Ende-
Und gib es ohne Ende !

Juli 1946

Sonntag im Walde

Der Wald, die alten Wege,
Die Quellen, Bäche, Stege,
Schneeglöckchen, Primelwiesen,
Die mich dereinst verließen,
Sind mir heut fremd gewesen.

Ich habe nachgelesen
Ein paar der schönen Seiten
Im Buch vergangner Zeiten
Und hab es zugeschlagen.
Was ist aus jenen Tagen
Für mich noch zu gewinnen?

Dann fand ich im Besinnen:
Könnt ich die Gunst erflehen,
Mit deinem Aug zu sehen,
Mit deinem Ohr zu lauschen
Wie Bäch und Wälder rauschen,
Könnt ich mit deinen Händen

Mir Durstgen Labung spenden,
Und all die Blumen pflücken,
Die da sind, zu beglücken,
Könnt ich mit deinem Herzen
Aufjubeln, lachen,scherzen,
Der Wald, die alten Wege,

Die Quellen, Bäche, Stege,
Schneeglöckchen, Primelwiesen,
Die mich dereinst verließen,
Wären mir nicht mehr fremd....

Am 1o.März l946
im Wassergspreng bei Gießhübel

WIE EIN TROPFEN TAU

Wie ein Tropfen Tau
Von des Blattes Lippe
Fällt Dein Lächeln, Frau,
Still von deiner Lippe.

Wie der Frühgesang
Aus der Lerche Kehle
Ist des Wortes Klang
Klang aus deiner Seele.

Wie der Himmel klar,
Tief wie seine Bläue,
Ist dein Augenpaar,
Dran ich mich erfreue.

Wie ein Funke sprüht
Lieb daraus zu mir,
Fällt mir ins Gemüt -
Und mich zieht's zu dir!

1949

Abend im Park

Nun stirbt ein heißer Sommertag
Rotblutend hin mit Glockenschlag
Und sinkt in Laub und Kies,
Und Menschen, schmiegsam, jung und stark,
Gehn flüsternd durch den grünen Park,
Wie durch das Paradies.

War auch der Tag ein drückend Joch,
Um ihre Schultern glüht er noch
Als sattes, warmes Braun,
Und von den Stirnen strahlt er licht;
Er schrieb dahinter ein Gedicht
Voll Kraft und voll Vertraun.

Welch eine eigne Heiligkeit
Ist um das Nahn der Dunkelheit,
Die durch die Bäume weht!
Sie gehn, in ihren Traum verirrt,
Und jede der Gebärden wird
Ein schweigendes Gebet.

Ich blicke ihnen lange nach
Und weiß, wovon ihr Schweigen sprach...
- Im fremden Haus ein fremder Gast,
Nehm ich gelassen meine Last
Und grüße stumm und geh...

1946

Mein bester Freund

Er war mein bester Freund - seit langem -
Von gleicher Art und gleicher Denkensweise,
Dann ist er eines Wintermorgens leise
Und ohne Abschied plötzlich fortgegangen.

Was uns von seinem Körper ist verblieben,
Das liegt in einer Urne in dem Garten
Und unter Blumen seiner liebsten Arten,
Sorglich gehegt von seiner nächsten Lieben.

Ich denke oft der Fahrt auf einem Schiffe,
und an das Jura - Haus, wo die Gefahren,
Die damals unsre junge Welt bedrohten,

Den Freundesbund von uns ins Leben riefen.
Er hielt, als rings des Krieges Flammen lohten
Und einte uns in vielen Lebensjahren...

1982

LISSABON: CASTELO DE SÃO JORGE

April immer!

Fernanda, Cecilia, Zeca, Amerigo, Celeste,
Ihr Freunde alle, seid umarmt, gegrüßt und geküßt!
Ihr feiert zum zwanzigsten Mal jenes Fest aller Feste,
Den Tag, an dem der Faschismus zerbrochen ist.

Der kühne Aufstand der Soldaten und Arbeitermassen
Lebt fort in ihren Gedanken, in ihren Mühen,
Wenn sie zur Feier des Tags durch Lissabons Straßen
Und über die Avenida da Liberdade ziehen.

Ich habe mit euch vor Freude geweint und gelacht -
Und mit euch gelitten, als die Feinde mit Lügen und Listen
Das Volk um die Früchte des Sieges der Freiheit gebracht.

Das Wort „April immer!" und „Nie mehr Faschismus!"
Das jährlich im Zentrum aus tausenden Kehlen erschallt,
Zeigt allen: Euch zwingt oder bricht weder List noch Gewalt!

Lissabon, 25. April 1994

MULHERES ALENTEJANAS

VIVA A
UCP
BENTO
GONÇALVES!

REAÇÃO DAQUI
PARA FORA!
25 de Abril
sempre!

B.F. 1980

Köpfe in der Unidade Colectiva Bento Gonçalves

CASCAIS: DER FAROL „MARTHA"

BF. 17.4.92

GUARDIA NACIONAL REPUBLICANA GEGEN AGRARREFORM...

1990/1985

Die „decima"

Tenho uma carta scrita
Para ti, cara bonita..
Ich habe einen Brief geschrieben,
Du schönes Antlitz, an Dich-
Aber ich weiß die Adresse nicht...
Das ist mir im Gedächtnis geblieben,
Vom Refrain einer portugiesischen „Decima"...

Der Schreiber des Briefes der Liebe,
Suchte überall das schöne Gesicht,
In allen Gassen, im Menschengetriebe
Des ganzen Landes - doch er fand es nicht,
-So sagt die portugiesische „decima"...

Als ich sie vernahm, gefiel sie mir sehr,
Gesungen von Freunden, herzlieben,
In einer Nacht in Sesimbra am Meer -
Als wäre ich, der den Brief hat geschrieben,
Der Sänger der portugiesischen „decima".

Ich kann nicht vergessen das schöne Lied,
Denn ich suchte auch einst das liebe Gesicht,
Ich hab es gefunden - und es ist mir geblieben
Und seine Adresse vermisse sie nicht -
Wie mein Vetter, der Sänger der „decima"!

1996

Kuba

Das Land der Königspalmen und des Rumba,
Der größte der Karibik Inselstaaten -
Das ist mein heißgeliebtes Traumland Kuba,
Ein Land des hohen Geists und kühner Taten.

Schon vierzig Jahre sind seit jenen Tagen
Vergangen, als Fidel begann zu wagen
Mit kühnen Männern mutig, ohne Zagen
Des armen Volkes Knechtschaft zu begraben.

Nach nur drei Jahren wurde Kuba frei-
Und neues Leben wuchs in Stadt und Land,
Daß es ein Beispiel für die Völker sei

Des Kontinents in Oligarchenhand.
Es trotzt seither den Ränken und Blockaden.
Von Onkel Sam und den „Gusanos"- Maden...

Juli 1986

MACHETEROS

Guernica

Sie gaben den Befehl,
Das friedliche Städtchen
Im Lande der Basken
Mit Bomben auszutilgen.

Und die Vollstrecker gehorchten:
Sie zerschlugen Guernica
Zu Schutt und Asche...

Entsetzen erfaßte
Die gesittete Welt.
Guernica brannte
In den Gewissen,
Wo es Gewissen gab.

Doch zu schwach war,
Zu gering die Empörung
Gegen den Amoklauf
Der Menschenverächter.

Darum schufen sie,
Im Taumel des Sieges,
Im Wahn der Straflosigkeit,
Ruchlos und ohne zu zögern,
Vielfache Guernicas:
Warschau, Rotterdam, Conventry...

Doch der so entfachte Sturm
Schlug um. Die Feuersbrunst
Ergriff Berlin, Köln, Achen,
München, Frankfurt, Wien,
Düsseldorf, Hamburg, Dresden.

Dann kam mit der Atombombe
Das Menetekel

Von Hiroshima und Nagasaki...

Und der Wahn,
Der vor fünfzig Jahren
Guernica vernichtete,
Droht jetzt,
Den Erdball
In ein einziges Guernica
Zu verwandeln,
Wenn wir nicht endlich
Aufstehn gegen ihn,
Alle,
Überall
Und ohne zu zögern!

Mai 1987 - für „Guernica 1937, Sustral Erreak"
zum 50. Jahrestag des Bombardements

WEIDENRUTENBEARBEITUNG AUF MADEIRA

Die Grenze

Wir hatten, leis, verstohlen,
Auf sanften Hanfschuhsohlen
Nach langen nächt'gen Stunden,
Den Aufstieg überwunden.

Vom Kamm der Pyrenäen
Im Morgengrauen sehen
Ergriffen wir und stumm
Uns in der Runde um:

Hoch über uns die Sterne,
Vor uns das weite Land,
Und in der blauen Ferne
Ein silberweißes Band;

Das Meer schickt seinen Schimmer
Zu uns her, wunderbar,
Als Gruß, den ich für immer
In meinem Sinn bewahr.

Im Osten steigt der neue,
Der junge Tag herauf;
Mit feierlicher Scheue
Beginnt er seinen Lauf.

Die warme Sonne lacht,
Verscheucht die kalte Nacht,
Vertreibt die dunklen Schatten
Von Hügeln und von Matten,

Von dunklen Pinienwäldern,
Von Wiesen und von Feldern.
Friedvoll erwacht das Land:
Es ward gesteckt in Brand

Von Francos Generälen,
Von Rom und von Berlin,
Von frommen Kardinälen;
Ihnen wird nicht verzieh'n!

Es ist die gleiche Schande,
Die uns die Heimat raubte,
Und auch in diesem Lande
Sich schon am Ziele glaubte.

Das Volk jedoch stand auf!
Es holte sich Gewehre
Und seine Freiheitsheere
Hielten die Feinde auf,

Die einen Weltbrand planten.
Wir wollten ohne zagen
Den blut'gen Plan zerschlagen,
Den Weg der Freiheit bahnen.

Wir stiegen nun ins Tal.
Da stand mit einem Mal
Vor uns ein kleines Haus.
Aus ihm kamen heraus

Mehrere Grenzsoldaten,
Die uns entgegentraten,
Den roten Stern am Hut.
Sie grüßten mit „Salud!"

Mit Händedruck und Lachen
Betraten wir das Haus.
Da klangen viele Sprachen!
Manch Glas tranken wir aus.

Bt.
E-Werk "RENTE" in Bau
Santiago de Cuba
8. August 1963.

E-WERK „RENTE" IN BAU

Wir tranken auf den Sieg
Der jungen Republik,
Zur Faust geballt die Hand,
Ein Gruß dem freien Land!

Jahrzehnte sind vergangen,
Mit Freuden und mit Bangen,
Mit Jubel und mit Plagen,
Mit Siegen, Niederlagen

Seit jener Morgenstunde,
Als ich in Krieg und Brand
Dank unsrem Bruderbunde
Die zweite Heimat fand,

Für die mein Herz erglühte
Und die ich stets behüte,
Bis ich am letzten Tage
Die letzte Grenze wage...

Dezember 1989

La Pasionaria

DOLORES IBARRURI

In der Sierra

Es war in einer finstren Nacht
In der Sierra Caballs - in den Bergen
Voll Blut und Stöhnen. Die Schlacht,
Hatte vor Stunden Schluß gemacht.
Feierabend - so sagt man doch,
In den Gräben, in jedem Loch.
Die einen schliefen, doch die andren
Ließen ihre Augen staunend wandern
In die tiefen Räume der Welt,
Die Myriaden Sterne zählt.
Nur in Spanien sieht man sie so klar,
So hell, so nah, so wunderbar!
Da stimmte eine andalusische Kehle
Einen Flamenco an - mit Herz und Seele,
Ein seltsames Lied aus fremdem Land.
Zum ersten Mal verstand
Ich den klagenden Sang,
Der in der Stille der Nacht erklang...
Auf einmal war der Teufel los:
Feuer aus allen Rohren schoß,
Krachen, Knattern und Gebrülle
Zerriß mit wilder Wut die Stille.
Minutenlang. Dann brach es ab.
Ruhe war wieder - wie im Grab.
Und als ob nichts gewesen wäre,
Sang der Andalusier wieder
Seine klagenden südlichen Lieder
Für die lauernden feindlichen Heere,
Für die Berge der Sierra Caballs
Für die heilige Stille des Alls...

Juni 1984

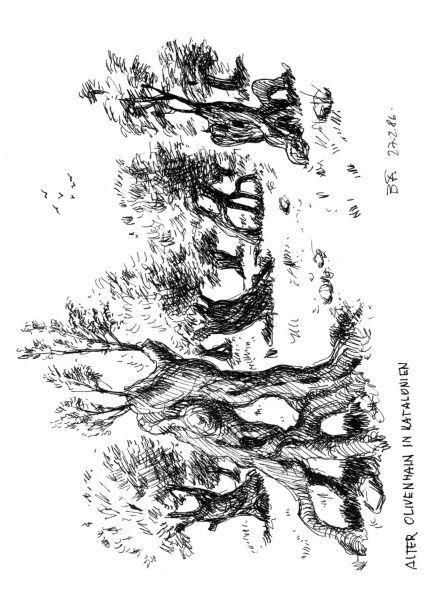

ALTER OLIVENHAIN IN KATALONIEN

B☆. 27.2.86.

Memento

Des Meeres Bogenstrich schwoll auf zum Strande
In langen Zügen klang und ebbt es hin;
Die Nacht ringsum sang mit und unsren Sinn
Erfüllt ihr dunkles Lied bis auf zum Rande.

Es hob uns fort in große Seelenhöhen,
Dem Tage fern, entbunden aller Lasten.
Ach, welche Welt erschloß sich unsrem Sehen,
Als wir ergriffen uns und stumm umfaßten!

Da fiel ein Stern, zu hellem Glanz entfacht.
Wir ahnten, schaudernd aus dem Bann erwacht:
So stürzen wir wie Funken durch die Räume,

Aufleuchtend und verglimmend in die Nacht,
Die unbegreifliche, die alle Träume
Der Dichter, Denker uns nicht nah gebracht...

Dachau, 1942

LA MANCHA BEI JAEN

Nach vierzig Jahren

Schon mehr als vierzig Jahre warn verflossen
Als ich sie, deren Lieb ich einst genossen,
In einem fernen Städtchen wiedersah.
Wir waren fremd einander - und doch nah...

Sie war die junge Carmen längst nicht mehr,
Die ich gekannt - zu lange ist es her!
Vier jungen Nachwuchs hat indes geboren,
Das schöne Mädchen, das ich einst verloren...

Auch ich war längst der junge Fant nicht mehr,
Der sie in seine Arme hat geschlossen.
Die Trennung schuf mir damals große Pein!

Nach vierzig Jahrn - es freute uns gar sehr -
Sahn wir uns beide wieder, unverdrossen.
Es tat uns leid. Es konnt nicht anders sein!

1980

LENINGRAD - ISAAKSKATHEDRALE

87

Das Unheil

Als das Unheil hereinbrach,
Traf es mich nicht ganz unerwartet...
Die Wühlmäuse, Diebe und Verräter,
Die Totengräber des großen Oktober,
Die Vollstrecker von Reagans Todesurteil
Über den verhaßten Sozialismus
Habe ich schon lange am Werk gesehn,
Drüben im Lande der Sowjets-
Und zu Hause bei uns...

Ich sprach auch offen und oft davon
In unseren Parteiversammlungen.
Doch außer Schrecken darüber,
Daß ich so Häßliches rede,
Das man noch nie gehört hatte,
Konnte ich nichts bewirken.
Und außer Mißtrauen oder Verdacht,
Daß ich ein Abtrünniger wäre...

Umso tiefer und bodenloser
War der Sturz in das schwarze Loch
Der Verstörtheit und der Verwirrung
Für Viele, die es nicht fassen konnten -
Als das Unheil hereinbrach.
Und als auch unsere heimischen
Aasgeier die Hirne zu zerfleischen,
Und all das hysterisch zu schmähen
Und zu zerstören versuchten,
Was nicht einmal die in den Spitzen
Der Parteien und Regierungen

Der Länder des Sozialismus
Eingenisteten Gauner
Zu zerstören vermochten.
Die Renegaten und Wendehälse
Machten sich her über alles,
Was die Völker geschaffen
Und aufgebaut hatten
In Jahrzehnten der Arbeit,
Des Kampfes, der Opfer
Und der Entbehrungen...

Nun versinken die Völker im Elend,
An dem sich das Geschmeiß
Der Sieger mästet - die Parasiten
Der „freien Marktwirtschaft",
Die uns als „Touristen" und Schacherer
Heimsuchen mit ihren „Damen"
Und den ergaunerten Dollars -
(Ein Totentanz auf den Leichen
Zertrampelter Hoffnungen).

Und unsere „Neuerer" hören
Noch immer nicht auf mit ihrem
Niederträchtigen Werk
Der Zerstörung der Ideale,
Der Schmähung der Geschichte
Und des Erbes der Revolutionäre.
Sie propagieren Dummheit,
Denunziantentum
Und Käuflichkeit!

Doch naht unaufhaltsam
Die Zeit, da die gesammelten
Rechnungen - ohne Ausnahme-
Präsentiert werden...

IM BASAR VON TASCH KENT

Vier Sonette für die DDR

Ihr Eid

Das neue Deutschland muß für alle Zeit
Frei sein von Bankern und von Schlotbaronen
Und Junkertum - wo Menschen wohnen,
Von Not und Untertanengeist befreit.

Ein Land, wo Arbeit erstes Menschenrecht,
Und Bildung, Wohnung, Sicherheit vom ersten
Bis hin zum letzten Tag verbürgtes Recht.
Kein Hort mehr darf es sein von Krieg und Mord!

Das schworen meine Freunde, als in Scherben
Großdeutschland lag, und als das große Sterben
Zu Ende war. Sie hatten es erfahren,

Aus welchem Schoß das kroch - in Jugendjahren!
Ein solches Deutschland darf es nicht mehr geben!
Dem weihten sie ihr ganzes künft'ges Leben...

Ihr Werk

Als Deutschlands Spaltung von den Feinden
Im Kalten Krieg mit Tücke war vollbracht,
Begannen sie die Klasse zu vereinen,
Um so die Arbeiter - und Bauernmacht,

An der Moskwa

Erstmals auf deutschem Boden zu errichten,
Und Stein auf Stein mit Fleiß und Müh zu schichten,
Dem Eid gemäß, den sie geschworen hatten:
Sie setzten ihre Träume um in Taten!

Unendlich schwierig war, in all den Jahren,
Den Widerstand des Alten zu besiegen,
Das niemals ruhte - nach Revanche schrie!

Der Bau des Friedenswerks jedoch gedieh,
Trotz aller Ränke, Drohungen, Gefahren.
Doch plötzlich kam die Hoffnung zum Erliegen...

Wende rückwärts

Vom besten Freunde kam der schlimmste Tritt,
Der Lenins Werk versetzt den Todesstoß!
Er riß so alle Brudervölker mit
Ins alte Elend, in das bittere Los,

Das meine Freunde überwunden glaubten:
Millionen wurden wieder arbeitslos
Und Parasiten wurden wieder groß
Die vordem schamlos plünderten und raubten...

Sie jubeln jetzt und triumphieren wieder,
Und wieder wird der Mensch dem Menschen fremd,
Und mancher singt der alten Wölfe Lieder

Und wechselt seine Meinung wie sein Hemd.

Das steigt zu Kopf der alten Macht - denn noch
Ist fruchtbar jener Schoß, aus dem sie kroch...

Die größte Schande

Die größte Schande ist, daß jetzt verhöhnt
Mit übler Nachred und mit Schmutz die Taten
Der Freunde werden. In dem Sumpf zu waten,
Das wird belohnt, wers tut, wird auch verwöhnt,

Doch gleichzeitig verachten und bespein
Die Sieger ihn, die den Verrat wohl mögen,
Verräter jedoch nicht. Nicht lange freun
Die Sieger sich - wir werden es erleben!

Ich grüße die, die nicht zerbrochen sind,
Die nicht ausschütten mit dem Bad das Kind,
Dem einst geschwornen Eid die Treue halten

Und unsre roten Fahnen neu entfalten,
Wohl wissend: Dieser Sieg der Bösewichte,
Bedeutet nicht das Ende der Geschichte!

Mai 1996

ESTRELLA DEL SUR

BF./77

Nachtrag zum Putsch

Ich möge bedenken,
schrieb mir
ein Herr,
daß Allende Waffen
ins Land schmuggeln ließ,
damit „Chilenen auf Chilenen
schießen".
So etwas könne nur
ein Halunke tun,
schrieb er mir.

Dabei bedachte
der Herr nicht,
daß sein Freund Pinochet
genau das tat, was er dem
Präsidenten Allende
als Absicht unterstellte:
Es war Pinochet, der
„Chilenen auf Chilenen
schießen ließ"-
tausendfach...

Wer also ist da
der Halunke?

Nur „besonders dumme
oder uninformierte"
Menschen,
schrieb der Herr
mir weiter, glauben,

daß Allende ermordet
worden sei.
Er habe Selbstmord
begangen,
schrieb mir der Herr.

Ich war nicht in der
Moneda, als sie
bombardiert wurde.
War jener Herr
denn zugegen,
als sich Allende
eine Kugel in den Kopf schoß?
Auch nicht...

Dennoch weiß ich,
was der Herr
nicht wissen will:
daß Allende
ohne den Putsch
Vielleicht heute noch
leben würde.
Und mit ihm noch
Tausende andre Chilenen,
die die Putschgeneräle
umbringen ließen
- durch ihre eigenen
Landsleute!

Wer also ist da
„besonders dumm
und uninformiert",
mein Herr?

April 1996

Telefonterror

Ich sei eine „Judensau, eine dreckige,"
Ein „Kommuneschwein" und eine „Drecksau",
Das brüllte mir gestern wütend ins Telefon,
Von unserer Herrenrasse ein edler Recke...

Sie würden kommen, „Bereiten sie sich vor!",
Um mit mir zu reden, mit mir, der „Sau"!
Das schrie der saubere Herr mir ins Ohr,
Ein gebildeter Feigling, dann legte er auf.

Er sprach gutes Deutsch, ohne jeden Akzent,
Die Stimme von einem älteren „Jahrgang",
Marke „SS", aggressiv, schneidig, brutal;
Ich kenne die Sorte aus früheren Tagen!

Ich sags ohne Scham: Mir wurde bang!
Da sagten wir: wir werden uns vorsehn!
Das ist leicht gesagt - was soll denn geschehn?
Was immer passiert, wir müssen es tragen...

30. 3. 96

Wer weiß,
was kommt?

Sie zündeln wieder
Und drohen, mit einer A - Bombe
Ein unterirdisches Chemiewerk
In der lybischen Wüste
Zu vernichten - denn dort
Soll Giftgas erzeugt werden,
Tönt es vom Pentagon,
Schreiben die Gazetten,
Plärren die Sender.
Gadaffi, der verruchte
Terroristenchef,
Müsse ausgeschaltet werden -
Eher könne nicht Frieden sein,
Trommeln sie in die Gehirne.

Wer weiß da, was kommt?

An der Linie, die Korea trennt,
In Nord und Süd,
Auch dort wird gezündelt.
Die Kommunisten im Norden
Wollen im Süden einfallen,
Tönt es vom Pentagon,
Wieder einmal.
Weil dort Hunger wütet,
Will er Krieg, der Norden,
Schreiben die Gazetten,
Plärren die Sender.

Ehe der Norden
Nicht verschwindet,
Kann nicht Frieden sein,
Trommeln sie in die Gehirne...

Wer weiß da, was kommt?

Jetzt vermitteln
Die USA. Sie wollen
Eine Pax Americana...

Hunderttausende
Sind wieder
Auf der Flucht
Im Libanon
Vor den Bomben
Und Granaten Israels.
Vergeltung
Für Raketen,
Die die Hisbollah
Auf Israel schießt,
Sagt Schimon Perez.
So tönt es aus Jerusalem,
So schreiben die Gazetten,
Und plärren die Sender.
Ehe die Hisbollah
Nicht ausgerottet ist,
Kann nicht Frieden sein,
Trommeln sie in die Gehirne....

Darum schossen ihre
Kanonen Granaten
In ein Flüchtlingslager
Beim Ort Kana:
Hundertacht Tote
Auf einen Schlag!

Und noch mehr Verletzte!

Jetzt „vermitteln"
Die USA....

Wer weiß da, was noch kommt?

Fünf Jahre
Mord und Brand
Im einstigen Jugoslawien
Angestiftet
Von wem?
Fünf Jahre
Hetze gegen die Serben,
Wie 1914 und 1941.
„Serbien muß Sterbien!"
Tönten die Gazetten,
Plärrten die Sender,
Tagein, Tag aus,
Fünf Jahre lang!

Jetzt intervenieren
Und intrigieren
Und konspirieren
Und pazifizieren
Die EU und die USA
Im Namen des Friedens
Versteht sich...

Und nun
Zündeln sie wieder
Im Kossowo.
(Jetzt wird Tirana
„Aktiv"...)

Wer weiß, was da kommt?

An allen Ecken und Enden
Des geschundenen Erdballs
Führen sie oder
Schüren sie Kriege:
In Guatemala und Mexiko,
In Kolumbien und Peru,
In Afghanistan und Kambodscha.
Im Kaschmir und in Burma,
In Tschetschenien und Algerien,
In Somalien und im Sudan,
In Ruanda und Angola,
In Mozambik und Nigeria
In Liberia und Sierra Leone
(Und wo noch?)
Fließen Blut und Tränen...

Und wo´s noch nicht brennt,
Legen sie die Lunte an,
Im Namen des Friedens,
Versteht sich...

Wer kann da wissen,
Was noch kommt?

April 1996

Bilanz

Hunderte Male gestorben,
Ebensooft neugeboren,
Wurden mir viele Leben,
Gegeben, genommen, gegeben.

Stunden voll heiligem Glück,
Jahre voll Plage und Pein,
Sie waren mein Geschick;
Trauer umhüllt nun mein Sein.

Verklungen sind unsere Lieder,
Die uns vereinten als Brüder,
Verflogen ist, was wir erträumten,
Vertan bleibt, was wir versäumten.

Schmerz erfüllt all mein Sinnen.
Bleibt uns ein neues Beginnen?
Ja! Doch ein weiteres Leben
Ist uns nicht mehr gegeben.

Dennoch: Es hat sich gelohnt!
Weil ich mir immer blieb treu
Und ich tat, was ich gekonnt,
Kenne ich keinerlei Reu!

April 1989

Die Fahne

Wir heben erneut unsre Fahne ins Licht,
Die Rote Fahne der menschlichen Würde
Wir weichen der Lüge, der Drohung nicht,
Wir tragen mit Stolz unsre Bürde.

Die Bürde, die wir auf uns genommen,
Als Kommunisten - aus freiem Entschluß,
Wir haben sie mutig und stolz übernommen,
Von unseren Vätern als zwingendes Muß!

Wir leben in einer gefahrvollen Zeit,
Die Feinde sind stark und ohne Moral,
Das Elend wird furchtbarer weit und breit,
Millionen leben in Sorge und Qual.

Drum höher die Fahne der Freiheit, des Rechts,
Beendet die Herrschaft der Not und der Plagen!
Denn Sein oder Nichtsein des Menschengeschlechts
So heißt die Wahl noch in unseren Tagen!

April 1996

IM PARK VON BAD GLEICHENBERG

27.5.93

Nachwort

Zu dem vorliegenden Bändchen muß ich etwas sagen, weil sich mancher wundern mag, daß ich nicht nur Artikel und Geschichten schreibe und nicht nur zeichne und male - das wissen schon einige, die mich näher kennen - sondern auch „dichte". Reime schmieden war immer schon eine Art Nebenbeschäftigung von mir, nicht weil ich es für nicht so wichtig gehalten hätte, sondern weil die Politik und der Journalismus meine gewollte Hauptbeschäftigung waren. Ich dichtete nur, wenn mich Eindrücke, Erlebnisse, Gedanken und Gefühle dazu drängten, sie in gebundener Form zu Papier zu bringen. Und wenn ich die Muße dafür fand...

Das passierte schon in meiner Jugend, doch die Produkte von damals fand ich nach der Befreiung im Jahre 1945 nicht wieder. Es passierte in Dachau, als ich in der Buchbinderei beschäftigt war und mich dieser Neigung manchmal hingeben konnte. Einiges davon konnte mein Kapo Willi Engelhardt aus Nürnberg aufbewahren und retten, als ich am 20. Juli 1944 ins KZ Flossenbürg versetzt wurde. Willi wurde im Herbst darauf zur Wehrmacht eingezogen und nahm Gedichte, die er abgeschrieben hatte, weil sie ihm gefallen hatten, nach Hause mit. Jahrzehnte nach dem Kriege zeigte er sie mir, als ich ihn in Nürnberg besuchte. Manche davon hatte ich zwar im Gedächtnis behalten oder „rekonstruiert". Die mir entfallen waren, schrieb ich mit Freude ab.

Und es passierte in Flossenbürg. Dort hatte ich weniger „Muße" und vor allem weder Papier noch Bleistift, um etwas aufschreiben zu können. Ich sinnierte nach Versen in Nächten, in denen ich die böse

Gegenwart im Kopfe verarbeitete und das so Entstandene im Gedanken so oft wiederholte, bis ich es mir eingeprägt hatte. Nach der Befreiung, schon in amerikanischer Gefangenschaft in dem riesigen PW - Lager von Heilbronn, schrieb ich es auf.

Die „poetische Ader" blieb mir neben der politischen erhalten, obwohl sich Poesie mit nüchterner Politik nicht recht verträgt. Hin und wieder - eher selten - gingen mir Gedanken so hartnäckig durch den Kopf, oder Gefühle durchs Herz, daß ich sie dichterisch gestalten mußte. Das war aber Privatsache. Bestenfalls meine Frau weihte ich in mein „Geheimnis" ein.

Mit der Zeit hat sich einiges angesammelt, von dem ich nun einiges Freunden und Genossen vorlege. Mit den Gedichten „aus hellen und dunklen Tagen", die Zeugnisse bisher verborgen gebliebener Neigungen sind, will ich mich keineswegs zu einem „Poeten" aufwerfen. Sie sind ein Teil meines „Credos"- sonst nichts.

Die Zeichnungen, die sie begleiten, sind eine winzige Probe von auf Dienstreisen und in Urlauben entstandenen Zeichnungen und Malereien. Wenn Gedichte und Zeichnungen in den Köpfen und Herzen der Leser etwas bewegen, soll es mich freuen...

Bruno Furch / Mai 1996

Inhalt

Die Zeichnungen: